8 Mai 1894

P

Duc de Dino

PRÉCIEUSE COLLECTION

DE

FAIENCES ITALIENNES

HISPANO-MORESQUES

D'ALCORA

ET DE NIMES

[illegible]

PARIS — MAI 1894

CATALOGUE

D'UNE

PRÉCIEUSE COLLECTION (Duc de Dino)

DE

FAIENCES ITALIENNES

Hispano-Moresques

D'ALCORA

ET DE

NIMES

DONT LA VENTE AURA LIEU

HOTEL DROUOT, SALLE N° 6

Le Mardi 8 Mai 1894

à 3 heures

COMMISSAIRE-PRISEUR	EXPERT
Mᵉ PAUL CHEVALLIER	**M. CHARLES MANNHEIM**
10, rue de la Grange-Batelière, 10	7, rue Saint-Georges, 7

EXPOSITIONS

PARTICULIÈRE : *Le Dimanche 6 Mai 1894, de 1 h. 1/2 à 5 h. 1/2*

PUBLIQUE : *Le Lundi 7 Mai 1894, de 1 h. 1/2 à 5 h. 1/2*

CONDITIONS DE LA VENTE

Elle sera faite *expressément* au comptant.

Les acquéreurs payeront en sus des enchères *cinq pour cent.*

L'exposition mettant le public à même de se rendre compte de l'état des objets, aucune réclamation ne sera admise une ois l'adjudication prononcée.

Paris. — Imp. de l'Art, E. Moreau et Cie, 41, rue de la Victoire.

N° 1

Phototypie Berthaud, Paris

DÉSIGNATION

FAIENCES HISPANO-MORESQUES

1 — Fabrique hispano-moresque, xive siècle. Grand azulejo ou plaque rectangulaire à reflets métalliques. Elle est ornée de rinceaux, de feuillages, d'oiseaux et d'écussons aux armes des rois de Grenade, mais dont la bande ne contient pas la devise (*Il n'y a de vainqueur que Dieu*) qu'on y trouve ordinairement. L'encadrement est formé par des inscriptions en caractères neskhy, des entrelacs, des rosaces et il porte, comme la partie centrale, l'écusson des rois de Grenade, six fois répété.

Haut., 20 cent., larg., 44 cent.

Collection Fortuny, n° 44

Après avoir ainsi décrit cette belle pièce, le baron Davillier ajoute dans le catalogue de l'*Atelier Fortuny* : « Je dois à l'obligeance de M. Ch. Schefer, le savant orientaliste, la traduction suivante de cette inscription : *Gloire à notre maître le sultan Aboul' Hadjhâdj Nacir l'din Ellah* (celui qui accorde son aide à la religion de Dieu). L'inscription de cet *azulejo* est des plus intéressantes, d'abord parce qu'elle fixe la date de la pièce entre 1333 et 1354, années extrêmes du règne de ce prince. Ensuite Jucef ben Ismaïl ben Faragi, connu sous le nom d'Aboul' Hadjhâdj, est de tous les rois de Grenade celui qui contribua le plus aux embellissements de l'Alhambra. Les historiens le représentent comme ami des arts et de la paix, excellent poëte, et habile dans les arts mécaniques. Il périt en 1354 dans une révolte suscitée par son oncle Abil Guadil.

Fortuny avait trouvé ce bel *azulejo* incrusté dans une maison de l'*Albaycin*, à Grenade.

2 — Fabrique de Valence. xve siècle. Grand bassin circulaire décoré en bleu foncé et en jaune chamois à reflets métalliques. Au fond, de chaque côté d'un vase, deux figures de femmes, debout, l'une buvant, l'autre tenant une fleur, accompagnées d'imitations d'inscriptions arabes. Au revers, une aigle éployée et des feuillages.

Diam., 46 cent.

Collection Léonce Mahou; collection Goldschmidt, n° 47.

3 — Fabrique de Valence. xve siècle. Grand plat décoré de trois guirlandes de feuillages concentriques exécutés en bleu et jaune chamois à reflets métalliques sur fond blanc jaunâtre. Au fond, un écusson d'armoiries chargé d'un cavalier armé d'une lance, peint en jaune à reflets sur fond blanc. Revers décoré de cercles concentriques en jaune chamois à reflets métalliques.

Diam., 452 millim.

N° 2 — N° 12 — N° 5

N° 7 — N° 4 — N° 3

Phototypie Berthaud, Paris

4 — Fabrique de Valence. xve siècle. Grand plat décoré de zônes concentriques de menus feuillages peintes en jaune chamois à reflets métalliques sur fond blanc jaunâtre. Au centre, un écusson d'armoiries d'or à la montagne de sept coupeaux d'azur accompagnée en chef de deux coquilles de saint Jacques de même. Revers décoré de cercles concentriques en jaune chamois à reflets métalliques sur fond d'émail blanc jaunâtre.

Diam., 43 cent.

5 — Fabrique de Valence. xve siècle. Grand bassin circulaire décoré de feuillages et de marguerites dessinés en bleu et jaune chamois à reflets métalliques sur fond blanc. Au centre, dans un large cercle bleu à ornements réservés en blanc, un écusson d'armoiries, d'or au lion de gueules (violet). Revers décoré de feuillages bleu et jaune chamois à reflets métalliques.

Diam., 57 cent.

6 — Fabrique de Valence. xve siècle. Grand bassin très profond décoré intérieurement et extérieurement de feuillages exécutés en bleu et en jaune chamois à reflets métalliques. Au fond du bassin, un monogramme composé d'un I et d'un M gothiques entrelacés (*Jésus, Maria*). Sur le bord sont peintes sept couronnes. Sous le fond et sous le bord des cercles concentriques en jaune à reflets métalliques.

Diam., 46 cent.; prof. 125 millim.

7 — Fabrique de Valence, xve siècle. Grand plat décoré de zônes concentriques de feuillages peints en bleu et en jaune chamois à reflets métalliques sur fond blanc jaunâtre. Au centre, un écusson d'armoiries à fond blanc présentant un sanglier passant, entravé, chargé d'une fleur de lys de Florence, réservé en blanc sur champ jaune à reflets métalliques. Le revers est décoré d'une aigle éployée et de menus feuillages dessinés en jaune chamois à reflets métalliques sur fond blanc jaunâtre.

Diam., 455 millim.

8 — Fabrique de Valence. Fin du xve siècle. Grand plat décoré de feuillages et de marguerites dessinés en bleu et en jaune chamois à reflets métalliques sur fond d'émail blanc jaunâtre. Au centre, un écusson d'armoiries : d'argent au croissant d'azur accompagné d'un lambel de gueules (violet) de trois pendants. Revers décoré de feuillages bleu et jaune chamois à reflets métalliques sur fond blanc jaunâtre.

Diam., 47 cent.

9 — Fabrique de Valence. Fin du xve siècle. Assiette creuse à bords plats décorée intérieurement et extérieurement de zônes de feuillages dessinés en or à reflets métalliques très vifs sur fond d'émail blanc. Au fond, un écusson d'or à deux masses d'azur en sautoir (Gondi).

Diam., 24 cent.

Un grand plat ayant fait partie du même service aux armes des Gondi figure dans les collections du Louvre.

Nº 10

Nº 6

Phototypie Berthaud, Paris

10 — Fabrique de Valence. xvie siècle. Grand vase à large panse muni sur ses flancs de quatre anses. Décor d'imbrications échiquetées et de fleurettes en or à reflets métalliques sur fond blanc jaunâtre.

Haut., 245 millim.

11 — Fabrique de Manisses ou de Valence. Commencement du xvie siècle. Grand plat à ombilic saillant décoré en son centre d'un écusson d'armoiries chargé d'un lion d'or sur champ blanc. Tout autour de l'ombilic des zônes concentriques offrant des rosaces ou des imitations d'inscriptions; sur le bord, d'autres rosaces alternant avec des compartiments rectangulaires. Revers décoré de feuillages. Décor en bleu et rouge cuivreux à reflets métalliques.

Diam., 47 cent.

12 — Fabrique de Manisses. Commencement du xvie siècle. Grand bassin circulaire muni en son centre d'un ombilic saillant et décoré de godrons. Décor de fleurons, de menus feuillages et d'imitations d'inscriptions en rouge cuivreux à reflets métalliques sur fond blanc jaunâtre. Au revers des rinceaux en rouge cuivreux.

Diam., 49 cent.

13 — Fabrique de Manisses. xvie siècle. Plat circulaire et creux complètement recouvert d'émail bleu. Décor composé de rosaces, d'étoiles et de feuillages exécutés, comme les paraphes du revers, en rouge à reflets métalliques très intenses.

Diam., 330 millim.

14 — Fabrique de Manissès, xvie siècle. Plat circulaire et creux émaillé complètement en bleu et décoré en son centre d'une figure de lion héraldique entouré de menus feuillages. Sur le bord, plusieurs bandeaux d'ornement. Toute cette décoration, ainsi que les paraphes qui se voient sous le plat, sont exécutés en rouge à reflets métalliques, d'un ton cuivreux très brillant.

Diam., 355 millim.

FAIENCES DE DERUTA

15 — Fabrique de Deruta. Fin du xve siècle. Grand plat décoré sur ses bords de compartiments contenant un dessin reticulé et un dessin guilloché alternant et, en son centre, une figure de la Vierge assise, nimbée, voilée, vêtue de long, portant sur ses genoux l'Enfant Jésus qui, de la main droite, fait un geste de bénédiction. Au-dessus de la tête de l'Enfant Jésus, une étoile ; dans le champ, des fleurs et une banderolle sur laquelle on lit : AVE · MARIA · ISTELLA · MATOTINA · ALTA · REGINA. Dessin en bleu modelé de bleu, lavé en jaune à reflets métalliques. Revers vernissé en jaune.

Diam., 415 millim.

16 — Fabrique de Deruta. Fin du xve siècle. Grand plat décoré sur ses bords de compartiments, d'imbrications alternant avec des palmettes et, en son centre, d'une figure d'ange, à mi-corps, nimbé et

les mains jointes, dans le style du Perugin. Dessin en bleu modelé de bleu; lavages de jaune à reflets métalliques. Revers vernissé en jaune.

Diam., 41 cent.

Un plat semblable fait partie des Collections du Musée du Louvre.

17 — Fabrique de Deruta. Fin du xve siècle. Grand plat décoré sur ses bords de compartiments d'imbrications alternant avec des palmettes et, en son centre, d'une figure de femme à mi-corps, de profil à gauche, portant une tige d'œillets. Dans le champ, une banderolle sur laquelle on lit : NEMO · SVA · SORTE · CHONTENTVS. Dessin en bleu modelé de bleu, lavé de jaune à reflets métalliques. Revers vernissé en jaune.

Diam., 425 millim.

18 — Fabrique de Deruta. Fin du xve siècle. Grand plat décoré sur ses bords d'une course de feuillages et d'imbrications, et en son milieu, entre deux tiges de fleurs, d'une scène à deux personnages : un homme vêtu d'une longue robe serrée par une ceinture à laquelle est suspendue une bourse, coiffé d'un bonnet et caressant une vieille femme bizarrement accoutrée. Ces personnages grotesques sont représentés à mi-corps. Dessin en bleu lavé de jaune chamois à reflets métalliques très intenses. Revers vernissé en jaune.

Diam., 40 cent.

(Collection du Château de Langeais.)

19 — Fabrique de Deruta. Commencement du xvie siècle. Bassin d'aiguière de forme circulaire, décoré sur son ombilic saillant entouré d'une frise de feuillages, d'un écusson d'armoiries de forme italienne : d'or à la colonne d'azur (Colonna). Autour de cet ombilic se développe un large bandeau orné d'imbrications en bianco sopra bianco. Enfin le bord présente un rang de feuilles dessinées en bleu lavé de bleu et une course de fleurs et de feuillages dessinés en bleu lavé de bleu, de jaune et de vert clair, sur fond de bistre roux. Revers richement décoré d'imbrications de feuillages disposés comme les pétales d'une fleur; au centre, un monogramme composé d'un M barré, tracé en bleu.

Diam., 355 millim.

20 — Fabrique de Deruta. Commencement du xvie siècle. Grand plat creux décoré au centre d'un grand buste de femme de profil à gauche accompagnée de la devise : PER · SERVIRE · SE · SERVE · SEMPRE. Sur le bord, des imbrications. Dessin en bleu rechampi de bleu; rehauts de jaune chamois à reflets métalliques. Revers vernissé en jaune.

Diam., 415 millim.

21 — Fabrique de Deruta. — Commencement du xvie siècle. Grand plat creux. Au centre, une femme assise, un livre à la main, et tenant embrassé un jeune enfant, dessin exécuté d'après une composition de Raphael; au-dessus du sujet, sur une banderole, on lit : ORARE · SEGRETO · E MOLTO ACETTO · A·DIO. Bord décoré de quartiers d'imbrications

N° 21 N° 23 N° 20

N° 27 N° 24 N° 26

Phototypie Berthaud, Paris.

alternant avec des palmettes. Dessin en bleu rechampi de bleu, lavé de jaune et de rouge rubis à reflets métalliques. Revers vernissé en jaune.

Diam., 41 cent.

Collection Hastings, n° 84.

22 — Fabrique de Deruta. Vers 1535. Assiette creuse et décorée d'une scène exécutée en bas-relief, dessinée et rechampie en bleu lavé de jaune chamois à reflets métalliques très intenses. L'Adoration des Bergers. Au centre, près de l'étable dans laquelle on aperçoit le bœuf et l'âne, l'Enfant Jésus assis à terre entre saint Jean et la Vierge. Au second plan, deux bergers agenouillés; au fond, un berger gardant un troupeau, et, dans le ciel, trois anges tenant une banderole sur laquelle on lit : GLORIA · IN · EXCELSIS · DEO · Au revers de la pièce, des rayons en jaune métallique.

Diam., 27 cent.

Une pièce semblable fait partie de la collection du musée du Louvre.

23 — Fabrique de Deruta ou de Gubbio. Commencement du XVIe siècle. Grand plat décoré, sur les bords, de feuillages et de fleurs disposés de manière à former des rayons. Au centre, un buste d'homme, les cheveux longs, coiffé d'un bonnet, et un buste de femme affrontés. Au-dessus de ces bustes, une banderole sans inscription. Dessin en bleu, modelé de bleu, rehaussé de jaune chamois et de rouge rubis à reflets métalliques très in-

tenses. Les figures se détachent sur un fond bleu. Revers vernissé en jaune.

Diam., 365 millim.

Collection de Andrew Fountain, n° 46. — Publié dans Marryat, *Histoire des poteries, faïences et porcelaines*, tome I, p. 211. — Ce plat était attribué à tort par Marryat aux ateliers de Pesaro et considéré comme une sorte de monument commémoratif d'un édit protégeant les faïenciers de Pesaro, remontant à l'année 1486 ; les deux personnages représentés sur ce plat auraient été les portraits de Giovanni Sforza, seigneur de Pesaro, et de Camilla Malzana, sa mère. Bien que cette opinion ne soit plus acceptable, l'intérêt de cette pièce tout à fait exceptionnelle n'en est pas amoindri et elle reste un des monuments les plus curieux sortis des ateliers de l'Ombrie au commencement du XVIe siècle.

24 — Fabrique de Deruta. Il Frate, vers 1545. Plateau d'aiguière à décor polychrome sur fond d'émail blanc. Suzanne et les deux vieillards. A droite, Daniel assis sur un trône, près duquel se tient Suzanne, adresse la parole aux deux vieillards debout devant lui, les mains attachées derrière le dos. A gauche, trois personnages lapident les deux vieillards, qui, demi-nus, sont attachés à un pilier. Fond de paysage dans lequel on aperçoit deux cavaliers joutant à la lance. Dessin en bleu modelé de bistre ; tons vert, jaune et bleu. Au revers, des rinceaux et au centre une marque ou paraphe en bleu sur fond blanc.

Diam., 402 millim.

FAIENCES DE FAENZA

25 — FABRIQUE DE FAENZA. Fin du XVe siècle. Vase de pharmacie à panse ovoïde surmontée d'un orifice cylindrique, munie d'un goulot et d'une anse plate. Sur la panse, de chaque côté d'une banderole sur laquelle on lit : *SY(ropo) · de · asientio* en caractères gothiques, sont dessinés un buste de femme et un buste d'homme, coiffé d'un chapeau surmonté d'une tête d'oiseau. Fond semé de marguerites. Sur le devant de la panse, le monogramme *Ave Maria* surmonté d'une croix patriarchale. Dessin en bleu modelé de bleu ; tons bleu, violet, vert et jaune.

Haut., 27 cent.

26 — FABRIQUE DE FAENZA. Casa Pirota. Commencement du XVIe siècle. Assiette à larges bords, décorée sur émail bleu *berettino*. Au centre, dans un médaillon circulaire, l'évangéliste saint Marc portant un livre fermé et le lion ailé qui lui sert d'attribut. Sur le bord, des mascarons, des cornes d'abondance et des feuillages, réservés en bleu clair, rechampi de jaune, de bistre et de vert sur fond bleu foncé. A droite et à gauche, dans deux médaillons à fond jaune, un écusson d'armoiries : parti au 1 de gueules à la pomme de grenade d'azur, au 2 de sinople à la pomme de grenade d'azur, à une bande d'argent, chargé de trois oiseaux

d'azur brochant sur le tout. Revers décoré de rinceaux bleus.

Diam., 270 millim.

(*Vente Rivet*, n° 15.)

27 — Fabrique de Faenza. Casa Pirota. Commencement du xvie siècle. Assiette creuse à larges bords, décorée sur émail bleu *berettino*. Au fond, sur champ jaune, une figure de femme, à mi-corps, dans l'attitude de la prière. Sur les bords, décor symétrique de rinceaux et de têtes de chérubins réservés en bleu clair retouché de blanc, sur fond bleu foncé. Au revers, des cercles bleus et un cercle jaune. Sous le pied, une marque imitant la forme de la lettre I.

Diam., 267 millim.

28 — Fabrique de Faenza. Vers 1580. Grand plateau d'aiguière, de forme circulaire, émaillé de noir brillant, sauf en son centre qui est émaillé de blanc et décoré d'un cartouche contenant un écusson d'armoiries : coupé d'argent et d'azur au chien de l'un dans l'autre. Tout le reste de la pièce, orné de deux rangs concentriques de godrons, est rehaussé de feuillages d'or.

Diam., 438 millim.

29 — Fabrique de Faenza. Vers 1580. Aiguière à panse ovoïde accompagnant le plateau précédemment décrit. Même décor et mêmes armoiries.

Haut., 320 millim.

N° 40

N° 37

N° 33

N° 34

N° 32

Phototypie Berthaud, Paris

30 — Fabrique de Faenza. Vers 1580. Grand plateau d'aiguière, de forme circulaire, émaillé de blanc, décoré de deux frises concentriques de godrons rehaussés de rinceaux d'or. Au centre, dans un cartouche peint en couleur, un écusson d'armoiries coupé d'argent et d'azur, au chien de l'un dans l'autre.

Diam., 435 millim.

31 — Fabrique de Faenza. Vers 1580. Aiguière accompagnant le plateau précédemment décrit. Sur sa panse ovoïde, décorée de godrons et de rinceaux d'or, sont peintes les mêmes armoiries que sur le bassin. Goulot décoré d'un mascaron en relief, rehaussé d'or. Anse en torsade recourbée en volute.

Haut., 315 millim.

FAIENCES D'URBINO

32 — Fabrique d'Urbino, Francesco Xanto Avelli. 1535. Assiette plate. La Vision d'Alcyone. A droite, Alcyone à demi nue est couchée sur un lit : près d'elle se tient debout un jeune homme nu qui lui montre Céyx et sa flotte faisant naufrage. Dans le haut de la composition, Junon, à mi-corps, entourée de nuages, et un écusson d'armoiries, d'azur à la *Sega* d'or, sommé d'une croix. Au revers, une inscription et la signature du maître tracées en bleu : 1535. *D'Alcyone la visio*(n) *treme*(n)*da e vera*. F. X.

Diam., 255 millim.

33 — FABRIQUE D'URBINO. Francesco Xanto Avelli. 1537. Histoire d'Hypermnestra, fille de Danaüs. La scène se passe dans un palais, à une fenêtre duquel apparait Hypermnestra nue et étendant de ses deux mains ses cheveux blonds. Au-dessous de cette fenêtre, un amour portant un cartouche sur lequel on lit : *Amor vincit omnia*. A gauche, Lyncée désigné par l'inscription *Lino*, casqué, tenant en mains un sabre nu et une couronne, s'avance vers Danaüs désigné par l'incription *Danao*, agenouillé devant lui dans une attitude suppliante. Au revers, la légende et la signature du maitre tracées en bleu : 1537. *Tratta Hipermestra fu dal carcer tettro.* F. X. R.

Diam., 255 millim.

34 — FABRIQUE D'URBINO. Attribué à Francesco Xanto Avelli, vers 1535. Assiette plate. Épisode de la légende d'I[illegible] et d'Athamas. A gauche et à droite, un homme et une femme nue, debout, se préparent à briser contre un rocher les corps de deux jeunes enfants. Fond de paysage. Dans le haut de l'assiette, un écussson d'armoiries d'azur à trois croissants d'argent adossés (? Banes, en Dauphiné). Au revers, l'inscription suivante tracée en bleu : *De ino et Athama*n*te* i*n*f*uriati. Fabula.*

Diam., 265 millim.

35 — FABRIQUE D'URBINO. 1542. Assiette presque plate, à décor polychrome. Le Songe de Pélée. A gauche, sous un pavillon, près d'un palais d'une riche architecture, le roi Pélée assis, couronne en tête et

Phototypie Berthaud, Paris

N° 39

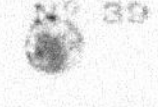

N° 36

Phototypie Berthaud, Paris

sceptre en main. Un homme nu s'enfuit de son côté en apercevant Thétis, également nue, debout à gauche et qui se transforme en pampre. Au second plan, deux hommes en costumes guerriers; l'un est accroupi et se bouche les oreilles. Fond de paysage montagneux et de fabriques. Au revers, la date et l'indication du sujet tracées en bleu : *1542 li sonito del re peleio.*

Diam., 27 cent.

36 — Fabrique d'Urbino. Orazio Fontana, xvie siècle. Grande vasque trilobée munie de trois anses en forme de mascarons accompagnés de cuirs découpés, reposant sur un pied composé de trois griffes de lion. Tout l'intérieur est occupé par une seule scène peinte en émaux polychromes et d'une très belle facture : Le Jugement de Pâris, d'après la gravure exécutée par Marc-Antoine Raimondi, d'après la composition de Raphael. A l'extérieur de la vasque sont peints des paysages.

Haut., 235 millim.; diam., 50 cent.

Collection Parpart.

37 — Fabrique d'Urbino. Atelier de Guido Fontana, xvie siècle. Grand plat peint en couleur et représentant, selon toute vraisemblance, le siège de Rome par le connétable de Bourbon, en 1527. Tout le premier plan est occupé par des artilleurs debout près de leurs pièces et une troupe de cavaliers, portant le harnais en usage dans la première moitié du xvie siècle; parmi les bannières déployées, on en distingue une qui porte trois fleurs de lys. A l'ar-

rière-plan, les troupes papales, de l'autre côté du Tibre, le pont et le château Saint-Ange. Très importante pièce d'un bon dessin et d'une excellente coloration, portant au revers la signature suivante tracée en bleu : *Fatte in Urbino in Bottega de m° Guido Fontana Vasaro.*

Diam., 44 cent.

Collection Fountain, n° 58. — Reproduit en couleurs par Darcel et Delange, *Recueil de faïences italiennes.*

38 — Fabrique d'Urbino. Atelier des Fontana. Seconde moitié du xvi° siècle. Très belle gourde munie sur ses flancs de deux anses en forme de tête de satyre d'où partent des spirales qui viennent s'enrouler sur la panse. Décor de grotesques et de camées exécutés très finement sur fond d'émail blanc; pied ovale; bouchon surmonté d'un bouton.

Haut., 41 cent.

Collection Andrew Fountain, n° 223. — Reproduite dans Darcel et Delange, *Recueil de faïences italiennes.*

39 — Fabrique d'Urbino. Atelier des Fontana. Seconde moitié du xvi° siècle. Très belle gourde de même forme que la précédente et décorée de la même façon, mais les camées sont de plus petite dimension.

Haut., 405 millim.

(*Collection Andrew Fountain.*)

40 — Fabrique d'Urbino. Atelier des Fontana. xvi° siècle. Plateau d'aiguière de forme circulaire décoré de

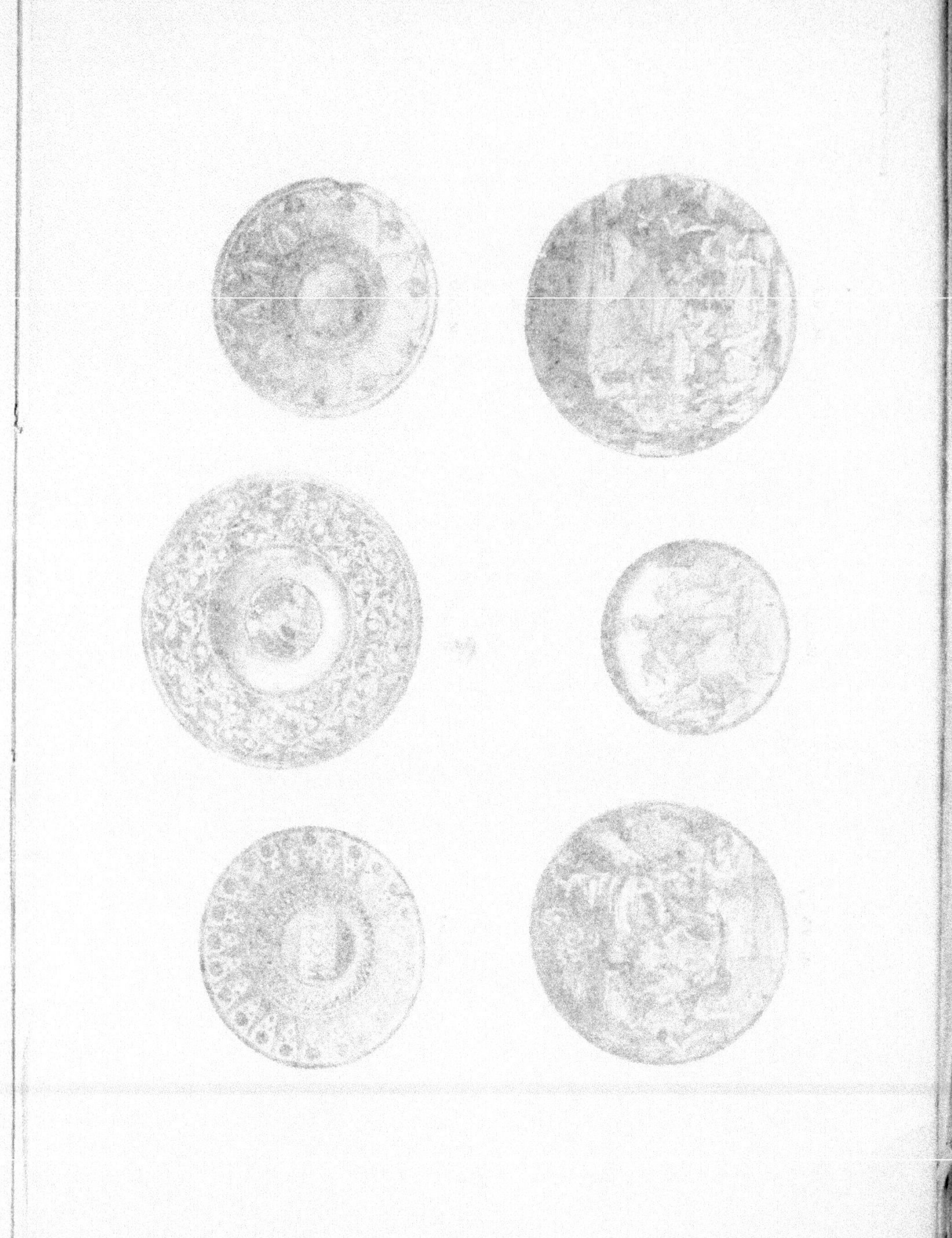

N° 51

N° 42

N° 57

Phototypie Berthaud, Paris.

grotesques et de camées sur fond d'émail blanc. Au centre, sur l'ombilic, sur un fond noir, Léda et le cygne. Revers blanc.

Diam. : 355 millim.

41 — Fabrique d'Urbino. Atelier des Patanazzi : Commencement du xviie siècle. Grand vase à panse ovoïde sur piédouche circulaire muni de deux anses élevées formées de serpents et prenant naissance sur des mascarons en relief placés sur l'épaule du vase. Tout le décor consiste en grotesques très finement exécutés sur fond d'émail blanc et disposés en plusieurs zônes séparées par des listels horizontaux. Dessin en manganèse et en bistre, modelé de bistre roux, de bleu et de jaune

Haut. : 485 millim.

FAIENCES D'URBINO ET DE GUBBIO

42 — Fabriques d'Urbino et de Gubbio. Francesco Xanto Avelli et Maestro Giorgio Andreoli, 1533. Scène empruntée à l'histoire de Seleucus. A droite, des navires poussés par le vent vers le rivage où les marins essaient d'aborder ; au premier plan, un personnage étendu sur une épave. A gauche, Seleucus descend à terre ; il est vêtu en guerrier antique et sur son bouclier on lit : SELEVCO. Fond de mer et de montagnes. Décor polychrome ; nombreux rehauts de rouge et de jaune à reflets métalliques ; au revers, l'inscription suivante tracée

en bleu, de la main de Xanto : *1533. Seleuco sol della sua classe salvo. Nel. XXVII lb. de Iustino his. Fra Xanto. A. da Rovigo i. Urbino.* Près de cette signature la marque F P et un rinceau en rouge à reflets. Sous les bords, imbrications en rouge à reflets.

Diam., 252 millim.

43 — Fabriques d'Urbino et de Gubbio. 1539. Plat à bords renversés. Étéocle et Polynice. Les deux personnages, vêtus à la romaine, casqués, se précipitent l'un sur l'autre armés d'épées et de boucliers. A droite, un guerrier, sur un cheval cabré; à gauche, un groupe de six guerriers debout. Fond de paysages et de fabriques. Décor polychrome rehaussé de rouge rubis et de jaune chamois à reflets métalliques. Au revers, l'inscription suivante tracée en bleu : *Del bon tideo et polonice :* et la date 1539, et des rinceaux en rouge rubis et jaune à reflets métalliques.

Diam., 275 millim.

(Ancienne Collection Hastings, n° 58.)

44 — Fabriques d'Urbino et de Gubbio. Première moitié du XVIe siècle. Assiette creuse à larges bords. Pan et Syrinx, d'après une estampe de Marc Antoine Raimondi. D'un côté, un satyre enlevant une femme nue ; de l'autre, la même femme assise sur un tronc d'arbre et peignant ses cheveux ; au bas au centre, un petit amour assis sur un tertre et tenant un arc. Fond de paysage avec fabriques.

N° 44 — N° 56 — N° 45

N° 53 — N° 52 — N° 47

Phototypie Berthaud, Paris

Nombreux rehauts de jaune chamois et de rouge rubis à reflets métalliques. Au revers, des rinceaux en rouge à reflets métalliques.

Diam., 27 cent.

45 — Fabriques d'Urbino et de Gubbio. 1544. Coupe à pied à décor polychrome. Pluton enlevant Proserpine. Pluton, sur un char traîné par deux chevaux blancs, enlève Proserpine et se dirige vers l'entrée des Enfers. Fond de paysage montagneux au milieu duquel on voit s'enfuir les compagnes de Proserpine. Au revers, sous le pied, en bleu, la légende : *Plutone et Proserpina* ; et en jaune à reflets, la date 1544 ; sous les bords, des rinceaux en jaune chamois et rouge à reflets métalliques.

Diam., 23 cent.

FAIENCES DE CASTEL DURANTE

46 — Fabrique de Castel Durante. Atelier de Niccolo Fontana. Vers 1530. Assiette creuse à larges bords. Dans un cercle s'enlevant sur un fond noir ou sur un champ d'azur sont figurés les signes du zodiaque, on voit Apollon guidant son char traîné par quatre chevaux blancs. Fond jaune ; bon dessin de l'école de Raphael. Revers émaillé de blanc avec cercles tracés en bistre roux.

Diam., 278 millim.

47 — Fabriques de Castel Durante et de Gubbio. Première moitié du XVIe siècle. Coupe à pied décorée

en son centre d'un médaillon circulaire représentant un amour enfourchant un aigle, et sur les bords, de trophées d'armes et d'instruments de musique réservés et modelés de bistre verdâtre sur fond bleu. Nombreux rehauts de jaune chamois et de rouge rubis à reflets métalliques.

Diam., 255 millim.

FAIENCES DE GUBBIO

48 — Fabrique de Gubbio. Commencement du xvie siècle. Petite coupe à pied, à décor en relief, offrant au centre une tête de chérubin et sur les bords des oves alternant avec des rayons et des disques en relief. Dessin en bleu modelé de bleu; rehauts très brillants en jaune et rouge rubis à reflets métalliques.

Diam., 183 millim.

49 — Fabrique de Gubbio. Commencement du xvie siècle. Coupe à pied, à décor en relief, offrant au centre un écusson d'armoiries d'or au crible d'argent, et sur les bords des pommes de pin alternant avec des disques en relief. Dessin en bleu largement lavé de bleu. Très beaux rehauts en jaune et rouge rubis à reflets métalliques.

Diam., 21 cent.

50 — Fabrique de Gubbio. Commencement du xvie siècle. Assiette à larges bords. Au centre, dans un mé-

daillon circulaire, est représenté un oiseau ; sur le bord, des feuilles pointues alternant avec des fleurs. Dessin en bleu lavé de jaune chamois et de rouge rubis à reflets métalliques. Revers émaillé de blanc décoré de cercles à reflets métalliques.

Diam., 23 cent.

51 — Fabrique de Gubbio. Commencement du XVIe siècle. Assiette à larges bords. Au fond, dans un médaillon circulaire entouré d'imbrications, une banderole sur laquelle on lit le nom : MARGGARETA. Sur le bord des rayons alternant avec des fleurs. Dessin en bleu, rechampi de bleu, lavé de jaune chamois et de rouge à reflets métalliques intenses. Revers émaillé de blanc, décoré de cercles à reflets métalliques.

Diam., 23 cent.

52 — Fabrique de Gubbio. Commencement du XVIe siècle. Grand plat. Au centre, dans un médaillon circulaire entouré d'une large bordure lavée de jaune chamois à reflets métalliques, un écusson d'armoiries : d'azur à deux lions d'or affrontés, sommés en chef d'une couronne de feuillages ; sur une banderole accompagnant ces armoiries, on lit : SPES · MEA · IN · BONA · FORTVNA · Bordure décorée de grands rinceaux dessinés en bleu rechampi de bleu lavé de jaune et de rouge à reflets métalliques. Revers émaillé de blanc.

Diam., 325 millim.

53 — Fabrique de Gubbio. xvie siècle. Coupe à pied. Tout l'intérieur de cette coupe est occupé par un portrait de femme en buste de trois quarts à droite, les cheveux relevés et entourés d'une étoffe formant turban. Sur le fond, une banderole sur laquelle on lit : MARIA BELLA. Dessin en bleu sur fond blanc, modelé de bistre; nombreux rehauts de rouge et de jaune à reflets métalliques. Au revers, la marque N en rouge à reflets et des rinceaux de même ton.

Diam., 26 cent.

54 — Fabrique de Gubbio. Vers 1530. Coupe à pied très bas. Tout l'intérieur de la coupe est occupé par une seule scène, un combat sous les murs d'une ville. Au premier plan, deux personnages couronnés, à cheval, vêtus à l'antique, fondent l'un sur l'autre, le cimeterre en mains; à gauche, des canons et une troupe de cavaliers chargeant; à droite, les défenseurs de la ville, sur les murs de laquelle flotte un étendard crucifère, font une sortie; un guerrier renverse un personnage qui porte un drapeau chargé d'un croissant. Dessin en bleu; larges lavages de rouge rubis et de jaune chamois à reflets métalliques. Au revers, sous le pied, l'inscription suivante, tracée en rouge à reflets : *Suoraciara* ou *Guoraciara*.

Diam., 255 millim.

55 — Fabrique de Gubbio. Maestro Giorgio Andreoli, 1526. Plat circulaire à bords plats. Au centre, dans un médaillon circulaire à fond bleu, un enfant nu, debout, appuyé sur un bâton. Bordure

composée de feuillages symétriquement enlacés avec des cornes d'abondance, réservés sur fond bleu lapis, rehaussés de vert et lavés de jaune chamois et de rouge à reflets métalliques très intenses. Au revers, rinceaux en jaune chamois et rouge à reflets et la signature en rouge rubis :

1526
M^o G^o
da Ugub^o

Diam., 286 millim.

56 — Fabrique de Gubbio. Maestro Giorgio Andreoli, 1528. Assiette plate. Au pied d'un arbre, sur un tertre, un faune accroupi tenant un vase renversé joue avec un jeune enfant tenant une grappe de raisin. Fond de paysage montagneux avec fabriques. Dessin en bleu modelé de bleu rehaussé de blanc. Larges teintes vert clair et bleu ; nombreux rehauts de jaune et de rouge à reflets métalliques. Au revers, des rinceaux, et au centre, la signature du maître tracée en rouge à reflets : *1528, M^o G^o da Ugubio.*

Diam., 245 millim.

57 — Fabrique de Gubbio. Maestro Giorgio Andreoli, 1535. Coupe à pied. Tout l'intérieur est occupé par une figure de guerrier à cheval, vêtu à l'antique, tourné vers la droite ; de la main droite, il tient une épée nue. Bon dessin en bleu modelé de bistre et de blanc. Fond de mer et de montagnes. Très beaux

...

reflets jaune chamois et rouge rubis. Au revers, sous le pied, on lit la date 1535, tracée en jaune à reflets métalliques.

Diam., 19 cent.

FAIENCE DE VENISE

58 — Fabrique de Venise, xviie siècle. Grand plat circulaire à décor en relief, recouvert d'émail bleu clair. Au centre, Ève debout offrant à Adam une pomme qu'elle vient de cueillir sur l'arbre de la science du bien et du mal. Sur le bord, une course de grands rinceaux en relief. Reliefs rechampis de bleu s'enlevant sur un fond de manganèse. Au revers, des paraphes tracés en bleu. Terre très légère.

Diam., 475 millim.

FAIENCES FRANÇAISES

59 — Fabrique de Nîmes. Atelier d'Antoine Sigalon, vers 1580. Gourde ou bouteille de chasse à panse légèrement renflée. La panse est décorée sur chacune de ses faces d'un médaillon ovale contenant un écusson d'armoiries d'azur au lion d'or, sommé d'un casque fermé à cimier en forme de lion, entouré de lambrequins. Au-dessus de ces armoiries, sur une banderole, on lit la devise : SEIGNÊVR · IE · ESPÈRE · EN · TOY. Ce médaillon

N° 60

N° 60

Phototypie Berthaud, Paris.

est accosté sur l'une des faces de la gourde par un faune et une faunesse à têtes d'âne et de lièvre, sur l'autre côté par deux faunes à têtes d'ânes portant des cierges. Ces figures dessinées en bleu, modelées de bistre roux, se détachent sur fond bleu lapis. Au-dessous de l'écusson, un mascaron et des oiseaux sur fond bleu ; au-dessus, d'un côté, un guerrier portant un casque, de l'autre, des figures de femmes abritées sous un lambrequin. Sur chacune des faces de la gourde est répété quatre fois un chiffre composé de deux I et de deux G entrelacés. Sur les flancs deux passants en forme de mascarons et une course de feuillages dessinés bleu modelé de bleu sur fond de bistre roux. Pied circulaire décoré en bleu.

Haut. 34 cent.

Collection Tollin, n° 109. — Cette gourde, de la même main et du même service que le numéro suivant, est l'une des trois pièces connues jusqu'ici de l'atelier de Nîmes ; la troisième, une gourde datée de 1581, fait partie de la Collection de M. le baron Gustave de Rothschild. Notre gourde a été publiée par M. Natalis Rondot, dans son livre sur *Les Potiers de terre italiens à Lyon au XVIe siècle*, Paris, 1892, planche III.

60 — Fabrique de Nîmes. Atelier d'Antoine Sigalon, vers 1580. Assiette creuse. Au centre, dans un médaillon ovale, un écusson d'armoiries en forme de losange, entouré d'une cordelière de veuve : parti au 1 d'azur au lion d'or, au 2 d'azur au chef d'argent. Au-dessus de cet écusson, une banderole sur laquelle on lit : SEIGNEVR · NOVS · AVONS · SPERE · EN · TOY. Autour de ce centre sont

disposés symétriquement quatre médaillons circulaires à fond vert bordé de jaune, chargés d'un monogramme en bleu, composé de deux I et de deux G entrelacés. Entre ces médaillons, des dauphins réservés en blanc et modelés de bleu sur fond jaune d'ocre. Bordure ornée d'une course de feuillages réservés en blanc sur fond bleu. Revers émaillé de blanc avec filets bleus. Au centre, le même monogramme composé de deux I et de deux G, en bleu.

Diam., 25 cent.

Collection Castellani, Collection Tollin, n° 108. — Publié par M. Natalis Rondot, *Les Potiers de terre italiens à Lyon au XVIe siècle*. Paris, 1892, planche IV.

FAIENCES ESPAGNOLES

61 — FABRIQUE D'ALCORA, Soliva, XVIIIe siècle. Coupe à décor polychrome représentant l'Entrée d'Alexandre à Babylone, d'après Lebrun. Bord décoré dans le style de Bérain. Signé au revers, sous les bords, en bistre : Soliva. Le pied manque.

Diam., 313 millim.

62 — FABRIQUE D'ALCORA, XVIIIe siècle. Grande buire à panse ovoïde sur pied circulaire, munie d'une anse en forme de torsade. Décor dessiné en bleu sur fond blanc. Sur la panse sont représentés les signes du Zodiaque, Pomone, Mercure, Jupiter et

Hébé, Apollon, l'Amour et deux Muses. Sur le goulot est peint un mascaron et le pied est décoré de fines dentelles en camaïeu. Anse jaspée.

Haut., 38 cent.

DIVERS

63 — Venise, xvie siècle. Grand plateau circulaire en verre incolore émaillé de blanc sur sa face antérieure, décoré sur les bords d'une dentelle d'or et d'un bandeau offrant un ornement courant composé de petites perles vertes, blanches et rouges incrustées dans le verre qui forme le plateau.

Diam., 38 cent.

Précieuse Collection

DE

FAIENCES ITALIENNES

Hispano-Moresques

D'ALCORA ET DE NIMES

*

CARTE D'ENTRÉE

A

L'Exposition Particulière

HOTEL DROUOT, SALLE N° 6

Le Dimanche 6 Mai 1894, de 1 heure 1/2 à 5 heures 1/2

COMMISSAIRE-PRISEUR

Me PAUL CHEVALLIER

EXPERT

M. CH. MANNHEIM

RED. :

25

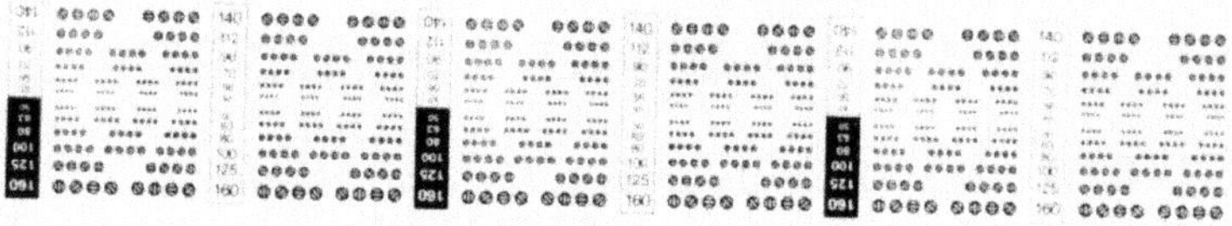

graphicom

0 1 2 3 4 5 6 7 8 9 10

MIRE ISO N° 1
NF Z 43-007

AFNOR
Cedex 7 · 92080 PARIS LA DEFENSE

www.ingramcontent.com/pod-product-compliance
Ingram Content Group UK Ltd.
Pitfield, Milton Keynes, MK11 3LW, UK
UKHW022130260726
13993UKWH00003B/1346